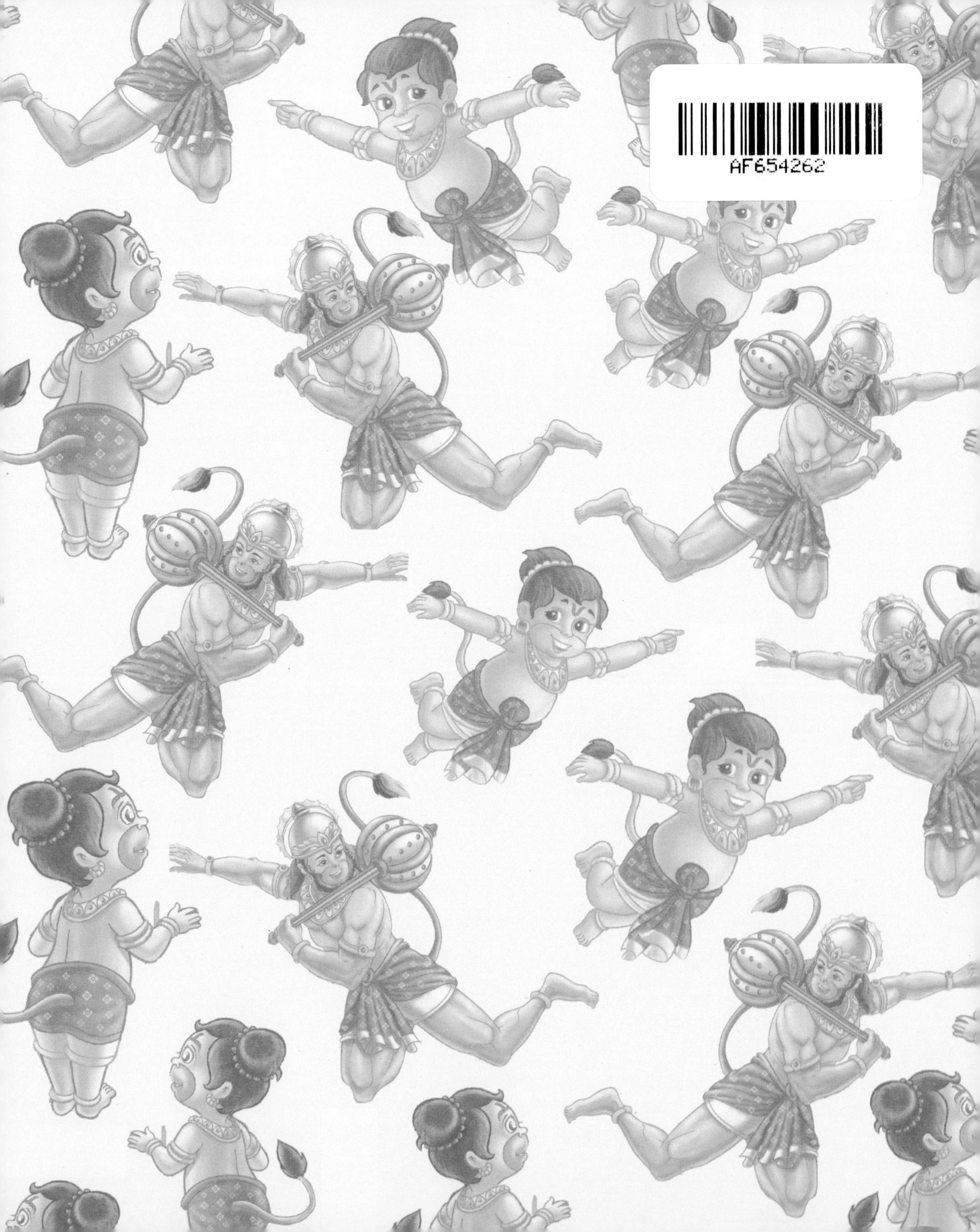

महावीर श्री हनुमान

Om KIDZ | Om Books International

Reprinted in 2020

Corporate & Editorial Office
A-12, Sector 64, Noida 201 301
Uttar Pradesh, India
Phone: +91 120 477 4100
Email: editorial@ombooks.com
Website: www.ombooksinternational.com

Sales Office
107, Ansari Road, Darya Ganj
New Delhi 110 002, India
Phone: +91 11 4000 9000
Email: sales@ombooks.com
Website: www.ombooks.com

ISBN: 978-93-80069-00-5

Printed in India

10 9 8 7 6 5 4 3

महावीर
श्री हनुमान

Om KIDZ
An imprint of Om Books International

स्वर्ग में एक बार भगवान ब्रह्मा कमल के आसन पर ध्यान में लीन बैठे थे। जब उन्होंने अपनी आँखें खोलीं तो देखा कि सामने एक सुंदर युवती अपना प्रतिदिन का काम कर रही है। उन्होंने सोचा कि यह सचमुच बहुत मेहनती है। उसके इस तरह मन लगाकर काम करने के लिए इनाम के रूप में मुझे उसको एक वरदान देना चाहिए। ब्रह्मा जी ने उस युवती को अपने पास बुलाया और बोले – "हे सुन्दरी! मैं तुम्हें इस प्रकार मन लगाकर मेहनत से काम करने के लिए वरदान देना चाहता हूँ। माँगो, तुम क्या चाहती हो।"

युवती ने कहा, “महाराज, मैं एक भंयकर श्राप के कारण मुसीबत में घिरी हूँ।” ब्रह्मा जी ने उससे उस श्राप के बारे में पूछा तो उसने बताया, “जब मैं छोटी बच्ची थी तो पृथ्वी में यह देखने गई कि वह कैसी है। वहाँ मैंने एक विचित्र दृश्य देखा कि एक बंदर गहरा ध्यान लगाए बैठा है।

मैं नटखट तो थी ही, मैंने उस पर पत्थर फेंके। अफसोस कि वह बंदर के रूप में साधु था और मैंने अनजाने ही उसके तप में बाधा डाल दी। उसने गुस्से में अपनी आँखों खोली और श्राप दिया कि मैं जिस दिन किसी से प्यार करुँगी उसी समय बंदर बन जाऊँगी।"

"हे स्वामी! केवल आप ही मुझे इस श्राप से मुक्ति दिला सकते हैं।" युवती ने प्रार्थना की। ब्रह्मदेव गहरे विचार में खो गए क्योंकि वह उसे पूरी तरह श्राप से मुक्त नहीं कर सकते थे। "श्राप से मुक्त होने का एक उपाय है, पर तुम्हें धीरज रखना होगा। बहुत शीघ्र ही भगवान विष्णु पृथ्वी

पर जन्म लेने वाले हैं। मैं तुम्हें आशीर्वाद देता हूँ कि वह तुम्हारे द्वारा जन्म लेंगे और जिस दिन तुम उस पुत्र को जन्म दोगी, तुम श्राप से मुक्त हो जाओगी। अब स्वर्ग छोड़कर पृथ्वी पर जाने का तुम्हारा समय आ गया है।"

इस प्रकार हनुमान की माता अंजना पृथ्वी पर आई। वह एक जंगल में एक शिकारी की तरह रहने लगी। और उसने बहुत से भयंकर पशुओं को मारा। एक दिन जब वह शिकार कर रही थी, उसने एक सुंदर पुरुष को शेर से लड़ते देखा।

उसे देखते ही वह उसे प्यार करने लगीं और अनुभव किया कि उसका अपना चेहरा बंदर के चेहरे में बदलता जा रहा है। श्राप का असर होने लगा। अंजना यह देखकर डर गई। उसके मुँह से चीख निकल गई और वह जमीन पर गिर पड़ी।

वह मनुष्य उसकी ओर यह समझकर दौड़ा कि उसने उस युवती को डरा दिया है। अंजना उसे अपना चेहरा नहीं दिखाना चाहती थी।

उसने अपने चेहरे पर रखे अपने हाथ की अंगुलियों की दरार से झाँक कर देखा कि वह कैसा दिखाई देता है। यह देख उसके आश्चर्य का ठिकाना न रहा कि उसका चेहरा भी बंदर जैसा था। युवक ने कहा, “मैं बंदरों का राजा केसरी हूँ। सुंदरी! क्या तुम मेरे साथ शादी करोगी?”

अंजना अभी भी हक्की-बक्की ही थी पर उसने उसका प्रस्ताव फौरन स्वीकार कर लिया। बड़ों के आशीर्वाद के साथ केसरी और अंजना का विवाह हो गया।

जब अंजना और केसरी अपने रथ में सवार होकर वन में घूम रहे थे, उसी समय अयोध्या के राजा दशरथ सन्तान प्राप्ति के लिए संसार के एक अन्य स्थान पर एक पवित्र यज्ञ कर रहे थे। अग्निदेव राजा दशरथ की तीनों रानियों के लिए खीर से भरा एक पात्र लिए प्रकट हुए। अग्निदेव ने राजा से कहा, "दशरथ! यह अपनी तीनों रानियों को बाँट दो और तुम्हें जल्दी ही बलवान और बुद्धिमान पुत्रों को पाने का सौभाग्य मिलेगा।" दशरथ ने अग्निदेव की आज्ञा मानी और रानियों को खीर बाँट दी। जब वह खीर अपनी

तीसरी रानी को दे चुके तो अचानक एक चील उड़ती दिखाई दी। उसने दशरथ के हाथों से बर्तन झपट लिया और खुले आकाश में उड़ गई। उसने खीर के पात्र को जंगल में भगवान शंकर की तपस्या करती हुई अंजना के खुले हाथों में रख दिया। अचानक अपने हाथों में एक

बर्तन देखकर अंजना को आश्चर्य हुआ। उसने कहा, “यह क्या है? यह स्वयं भगवान जी के आशीर्वाद के समान है।” यह सोचकर उसने भगवान को धन्यवाद देते हुए खीर

खा ली। कुछ महीनों के बाद अंजना ने एक प्यारे बालक को जन्म दिया जिसे अंजनेय अर्थात् अंजना का पुत्र नाम दिया गया।

अंजनेय एक स्वस्थ बालक के रूप में बढ़ने लगा। वह हमेशा हँसता रहता था और अन्य बालकों की तरह चंचल था। एक दिन वह बहुत भूखा था। उसने अपनी माता को सब जगह खोजा। फिर वह जोर से चीखा–"माँ! मैं

भूखा हूँ।" परन्तु अंजना कहीं नहीं मिली। माँ की खोज करते–करते थक कर उसने खिड़की से बाहर देखा। ऊपर आकाश में उसने एक लाल सेब सा देखा। वह उसके टूटकर गिरने का इन्तजार करने लगा। "वाह! यह मीठा मालूम पड़ता है", अंजनेय ने सोचा। "मैं वहाँ जाऊँगा और उसे ले आऊँगा।" यह सोचकर अंजनेय ने आकाश में छलांग लगाई। वह नहीं जानता था कि वह लाल सेब वास्तव में सूर्य था।

अंजनेय आकाश में हवा की तरह उड़ा। जिस समय वह सूर्य को पाने के लिए उड़ रहा था, सर्पों का देवता- राहू, सूर्य को निगलने वाला ही था। अंजनेय ने राहू को पकड़ लिया और कुछ समय के लिए उसे छोड़ने से

इंकार कर दिया। जब वह एकाएक मुक्त हुआ तो अंजनेय की मजबूत पकड़ के कारण उसका दम घुटने लगा था। भयभीत राहू दौड़कर देवताओं के राजा इन्द्र के पास गया।

राहू ने इन्द्र से कहा, “इन्द्रदेव! मैं अभी–अभी बंदर के मुँह वाले एक बालक के चंगुल से बचा हूँ। वह एक बालक था तो भी उसने मुझे इतनी मजबूती से पकड़ा कि मैं हिल भी न सका। वह कौन है?”

इंद्र ने हँसकर उत्तर दिया, "वह अंजना और केसरी का पुत्र अंजनेय है।" इसी समय सूर्यदेव ने अपने रथचालक से पूछा, "जो इतनी तेज़ी से हमारी ओर चला आ रहा है,

वह बालक कौन है?” जब सारथी ने उसे बताया कि वह अंजनेय है और वह हमें पकड़ने आ रहा है तो सूर्यदेव इंद्र के पास दौड़कर पहुँचे, “हे इंद्र! मेरी रक्षा करो। मैं बलशाली अंजनेय से दूर नहीं भाग सकता।”

इंद्र ने अपने रथ को अंजनेय की ओर मोड़ा, और उस से कहा, "वत्स! जिस पके हुए फल की ओर तुम दौड़ रहे हो वह सूर्यदेव हैं, उसे अकेला छोड़ दो।" किंतु अंजनेय अपने विचार का पक्का था। उसने इंद्र की प्रार्थना अस्वीकार

कर दी। इंद्र ने स्वयं विचार किया, “मैं उसे किस प्रकार रोकूँ? वह नहीं मानेगा और मैं उसे सूर्य को कैद नहीं करने दे सकता। इससे संसार को दुख भोगना पड़ेगा।” अंत में इंद्र ने अपना अस्त्र उठाया और अंजनेय की ओर फेंका जिससे वह आगे न बढ़ सके। इंद्र का अस्त्र अत्यंत

शक्तिशाली था। कुछ ही क्षण में अंजनेय एकाएक औंधा धरती पर लेटा था। पवन को जब यह मालूम हुआ तो वह अंजनेय की सहायता के लिए दौड़ पड़े। उसे बेहोश देखकर पवनदेव इस छोटे बालक को आहत करने के लिए

सभी देवताओं से अप्रसन्न हुए। "जो इस बालक ने भोगा वहीं संसार भी भोगे। मैं सारी धरती से वायु वापस ले लूँगा और दूर चला जाऊँगा!" वायु ने जोर से चिल्लाकर कहा। वह अंजनेय को लेकर माँ धरती के अंदर गहरे भाग में चला गया।

अब तीनों लोक वायुविहीन हो गए। लोग साँस लेने में असमर्थ हो गए। देवों का दम घुटने लगा। चारों ओर एकाएक भय छा गया। अन्त में सबने इंद्र के पास जाकर रक्षा करने के लिए प्रार्थना की, "हमें इस नर्क के समान व्यथा से बचाइए अन्यथा शीघ्र ही हम मर जाएँगे।"

सूर्यदेव ने इस सारी घटना के लिए स्वयं को दोषी ठहराते हुए भगवान ब्रह्मा से कहा, “मैं ही सहायता के लिए इन्द्र के पास दौड़ा गया था।” ब्रह्मा ने हर एक की बात सुनी और और इंद्र से कहा, “तुम्हें, वायुदेव से क्षमा माँगनी चाहिए। उनसे वापस आने के लिए प्रार्थना करो अन्यथा सब कुछ नष्ट हो जाएगा।”

इंद्र तत्काल वायु के पास गए और उनसे बोले, “वायुदेव! कृपा करके मुझे क्षमा कीजिए और वापस चलिए।” ब्रह्मा और इंद्र दोनों ने महाशक्तियाँ प्रदान कर हनुमान को आशीर्वाद दिया।

इंद्र ने कहा, "तुमने मेरे अस्त्र का प्रहार अपनी ठुड्डी (हनु) पर झेला अतः अब से तुम हनुमान के नाम से जाने जाओगे।"

अंजनेय एक शरारती और जिज्ञासु बालक था। वह चिड़ियों के नन्हें बच्चों को देखने के लिए उनके घोंसलों में झाँकता था।

अपने दूसरे मित्रों के साथ वह जंगल में दौड़कर कहता, "आओ मेरे साथ! डरो मत!" अंजनेय निर्भय और नटखट था। वन में रहने वाले साधुओं को वह प्रायः परेशान

करता था। कोई साधु कहता, “देखो, नन्हा अंजनेय मेरा पात्र ले गया।” दूसरा, “अरे, वह अक्सर मेरी पवित्र माला ले जाता है। हमें इस छोटे बच्चे को इस तरह हमारे जीवन में विघ्न डालने से रोकना चाहिए।” परन्तु अंजनेय को कोई रोक न सका। वह हवा की तरह फुर्तीला था।

एक दिन अंजनेय ने शरारत की। एक साधु ने अपनी पूजा के लिए जो फूल इकट्ठे किए थे, उनसे भरी टोकरी लेकर वह भाग गया। बहुत देर तक साधु वह टोकरी वापस

न ले सका तो उसने क्रोध से अंजनेय को श्राप दिया, "तुम्हे जो शक्तियाँ मिली हैं, उन सबको तुम भूल जाओगे।"

अंजनेय को अपने कानों पर विश्वास नहीं हुआ। वह काँप उठा, "मैं अब अपने माता-पिता से क्या कहूँगा?" आँखों में आँसू भरकर उसने साधु से क्षमा-प्रार्थना की।

अंजनेय की दशा देखकर साधु का हृदय पिघल उठा और उसने श्राप से मुक्त होने का उपाय बताया, क्योंकि एक बार दिया हुआ श्राप कभी लौटाया नहीं जा सकता था। साधु ने कहा, “उचित समय आने पर यदि तुम्हें कोई उन शक्तियों की याद दिलाएगा तो तुम्हें पुनः वह याद आ जाएँगी।”

हनुमान बड़े होने पर सुंदर और बलवान बने। वह बंदरों के राजा सुग्रीव के दरबार में मंत्री थे। सुग्रीव के भाई बालि ने उसे राज्य से बाहर निकाल दिया था। इसलिए सुग्रीव अपने विश्वासपात्र सेवकों के साथ जंगल में रहने लगा।

दूर अयोध्या में राम को चौदह वर्षों के लिए देश से बाहर जाने की आज्ञा हुई। वह अपने भाई लक्ष्मण और सीता के साथ वन में रहने के लिए आए। दुष्ट रावण ने सीता का हरण कर लिया। राम और लक्ष्मण सीता

को खोजते हुए जंगल के उस भाग में आए जहाँ सुग्रीव का अधिकार था। सुग्रीव ने सुना कि दो नवयुवक वहाँ आए हुए है। सुग्रीव ने जानना चाहा कि वे लोग कौन हैं? "क्या इन लोगों को मेरे भाई बालि ने भेजा है?" उसने हनुमान को बुलाकर

कहा– "हनुमान! तुम ही पता लगा सकते हो कि ये लोग कौन हैं? मुझे बताओ कि क्या ये मित्र हैं या शत्रु।" एक बूढ़े मनुष्य के वेष में हनुमान, राम और लक्ष्मण से मिले और पूछा, "नौजवान! तुम क्या खोज रहे हो?"

राम ने कहा, "हम अयोध्या के राजकुमार, राम और लक्ष्मण हैं। रावण ने मेरी पत्नी का हरण कर लिया। हम उसे मुक्त कराने के लिए प्रयत्न कर रहे हैं।" तब अपने वास्तविक रूप में प्रकट होकर हनुमान ने उनसे कहा, "तो मेरे साथ आओ।" हनुमान उन्हें सुग्रीव के पास ले

गए और उसे राम व सीता के बारे में सारी बात बताई। सुग्रीव ने राम की सहायता करने का वचन दिया पर साथ ही अपना राज्य और परिवार पाने के लिए राम की सहायता चाही। बालि को मारने में राम ने सुग्रीव की सहायता की तथा उसे राजा बनाया।

थोड़े दिनों में ही सुग्रीव ने सीता की खोज में अलग-अलग दिशाओं में अपने दल भेजे। हनुमान, और भालुओं के राजा जाम्बवान, बंदरों के एक दल को लेकर दक्षिण दिशा में गए। दक्षिण के प्रत्येक भाग में भ्रमण करता हुआ यह

दल अंतिम छोर पर पहुँचा जहाँ चारों ओर समुद्र ही समुद्र दिखाई दिया। एक बंदर ने कहा– "अब हम क्या करें? हम नहीं जानते कि क्या सीता समुद्र के उस पार ले जाई गई है?"

एक बूढ़े गिद्ध ने बताया, "मुझे मालूम है कि वह कहाँ ले जाई गई है।" सब ने मुड़कर देखा कि एक बूढ़ा गिद्ध उनकी ओर आ रहा था। "मैं जटायु का भाई संपाती हूँ", उस पक्षी ने कहा। जाम्बवान ने बताया, "तुम्हारा वीर भाई सीता की रक्षा करते हुए दुष्ट रावण द्वारा मारा

गया।" संपाति ने चीखकर कहा, "मुझे यह नहीं मालूम था। मैं रावण के रहने का स्थान बताकर अपने भाई की मृत्यु का बदला लूँगा। समुद्र के उस पार रावण और उसकी दुष्ट सेना रहती है।" जाम्बवान ने मन में सोचा

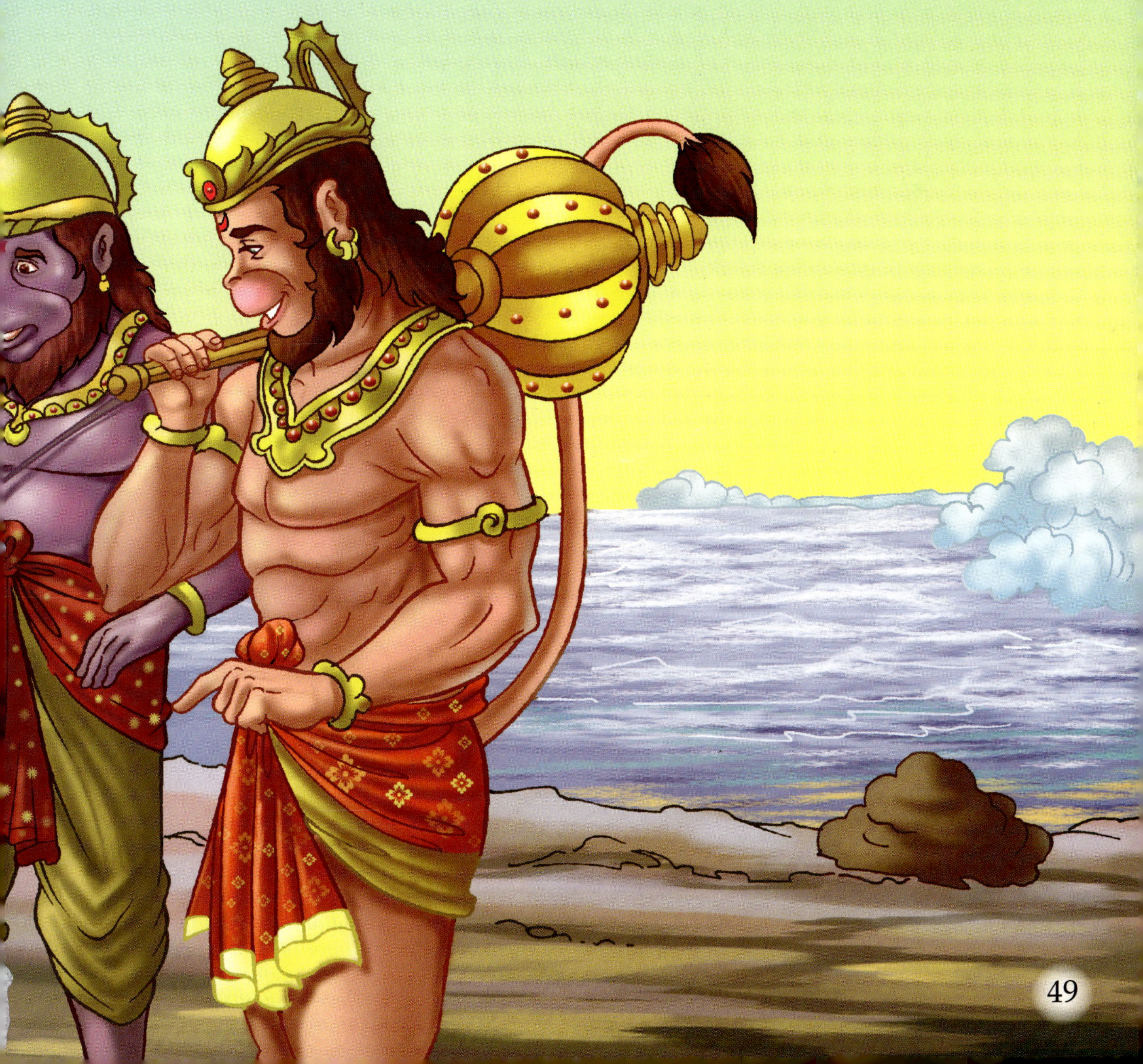

कि समुद्र पार कौन जाएगा? तब उसने हनुमान की ओर देखा और उनसे कहा, “हममें से अगर किसी में समुद्र पार करने की शक्ति है तो वह तुम हो।” हनुमान ने पूछा, “मैं इतना विशाल सागर कैसे पार कर सकता हूँ?” जाम्बवान ने उत्तर दिया, “याद करो, तुम्हारे पास महान शक्तियाँ है। भगवान राम का स्मरण करो। तुम्हें तुम्हारी

शक्तियाँ वापस मिल जाएँगी।" हनुमान ने एक शिला की चोटी पर खड़े होकर भगवान राम का ध्यान किया। धीरे-धीरे वह आकार में बढ़ने लगे। बंदरों में देखा हनुमान आकाश तक ऊँचे हो गए।

तब उन्होंने एक बड़ी छलाँग लगाई और समुद्र के ऊपर उड़ने लगे। जब वह कुछ दूर तक उड़ चुके तो छाती के बल अचानक एक दैत्याकार पर्वत से जा टकराए जो पानी से ऊपर निकला हुआ था। "मैं मेनाक हूँ! तुम्हारे पिता ने एक बार मेरी सहायता की थी। मैं तुम्हारी लम्बी यात्रा में कुछ समय आराम करने के लिए तुम्हें स्थान देकर उस उपकार का बदला चुकाना चाहता हूँ।"

"मेरे पास आराम करने का समय नहीं है," कहते हुए हनुमान वहाँ से उड़ गए। थोड़ा आगे बढ़ने पर हनुमान ने देखा कि एक दानवी पानी के बाहर आई। यह सिंहिका थी। सिंहिका बोली, "अगर तुम्हें आगे जाना है तो मेरे मुँह में प्रवेश करना होगा।" हनुमान ने कहा, "ऐसा ही हो!" उन्होंने अचानक अपने आप को एक मक्खी की तरह छोटा बना लिया। वह तेज़ी से सिंहिका के मुँह में घुसे और उसके मुँह बंद करने से पहले ही बाहर निकल आए। परन्तु हनुमान की कठिनाइयों का अभी भी अंत नहीं हुआ था। एक विशाल

सर्प के रूप में सुरसा राक्षसी समुद्र से बाहर आई। उसने हनुमान को निगल लिया। पर बली हनुमान मिनटों में उसका पेट फाड़कर बाहर निकल आए। उन्होंने अपनी यात्रा जारी रखी। अंत में रात्रि के समय वह लंका के द्‌वार पर जा पहुँचे। हनुमान ने एक राक्षसी को द्‌वार रक्षक के रूप में देखा। वह चुपचाप

द्‌वार की ओर बढ़े परन्तु राक्षसी ने उनके पैरो की आहट सुन ली और कहा, “रुक जाओ! वहाँ कौन है? आगे जाने के लिए तुम्हें लंकिनी को हराना होगा।” हनुमान ने लड़कर लंकिनी को हरा दिया परन्तु उसे मारा नहीं क्योंकि वह एक स्त्री थी। तब उन्होंने लंका में प्रवेश किया और

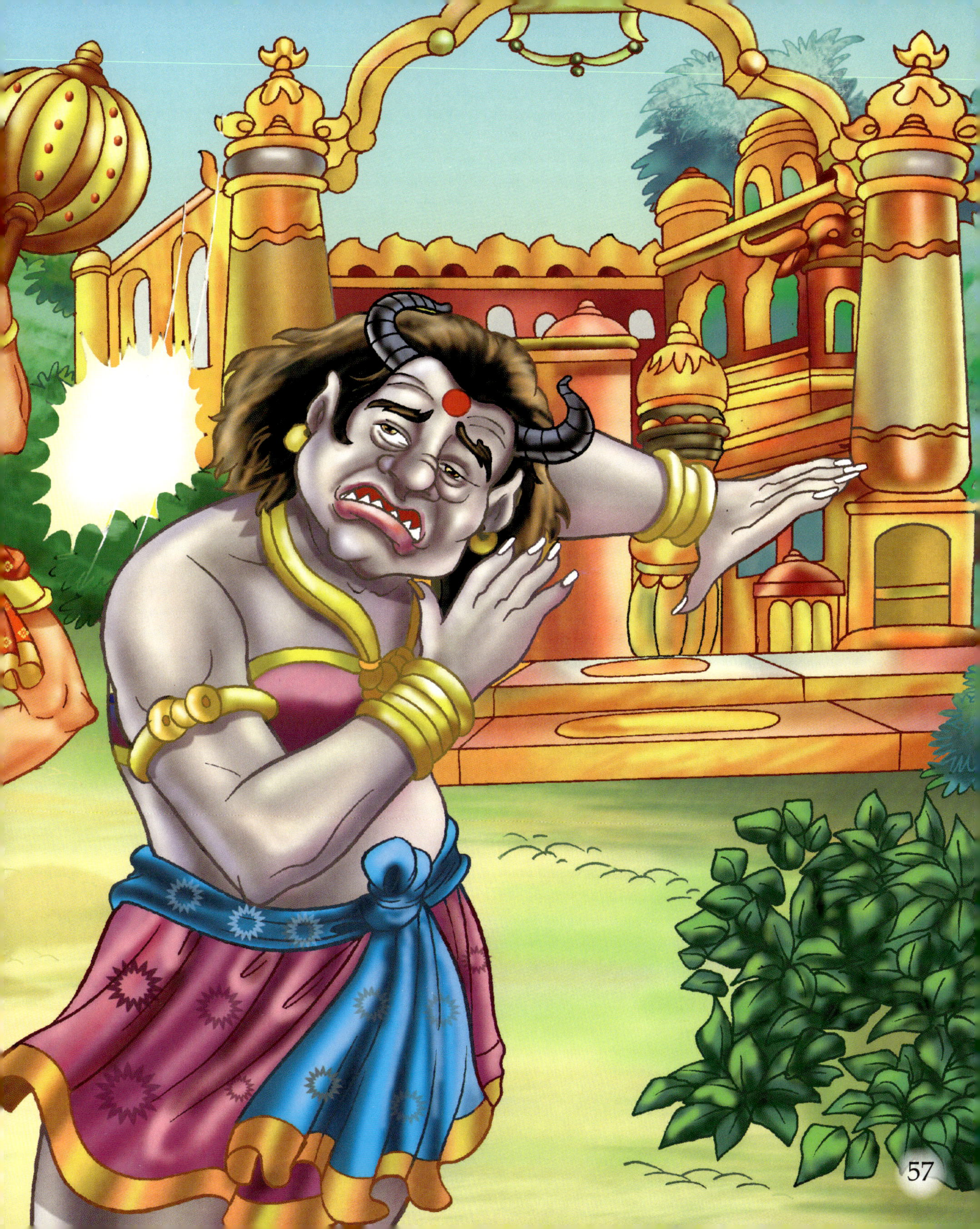

एक स्थान से दूसरे स्थान पर घूमते रहे। अंत में वह रावण के महल पर पहुँचे। उन्होंने देखा कि एक सुंदर स्त्री वहां सो रही है। पर वह सीता नहीं थी।

लंका में थोड़ा घूमने के बाद वह एक बाग के एक वृक्ष पर चढ़ गए। यहीं रावण ने सीता को रक्खा था।

राक्षसियों द्वारा घिरी हुई सीता को हनुमान ने देखा। ज्योंहि उन्होंने सीता माता के पास जाने का प्रयत्न किया तभी उन्होंने पैरों की आहट सुनी। उन्होंने रावण को सीता के पास आते देखा। रावण ने सीता से कहा, "सीता, तुम राम को भूल जाओ और मेरे साथ विवाह कर लो। इस बाग में तुम कब तक

रहोगी ?" सीता ने उत्तर दिया– "दुष्ट! मेरी नज़रों से दूर हो जा। मेरे स्वामी मुझे बचाने एक दिन अवश्य आएँगे और तुम्हें तुम्हारे पाप का दंड देंगे।" रावण क्रोध में भरकर चला गया। थोड़ी देर में जब सारी राक्षसियाँ सो गई तो हनुमान ने सीता की गोद में

राम की अंगूठी गिरा दी। यह देख सीता खुशी से चीख उठी, "मेरे स्वामी! वह यहाँ हैं!" हनुमान धीरे-धीरे पेड़ से उतरे और बोले, "माँ! आपके दुःख का बदला पूरी तरह लिया जाएगा। भगवान राम शीघ्र लंका आएँगे और दुष्ट रावण को हराकर आपको वापस ले जाएँगे।" इसके बाद हनुमान ने बाग के रक्षक कुछ राक्षसों से युद्ध किया और उनके हाथों स्वयं बंदी बन गए जिससे उन्हें रावण के सामने जाने का अवसर मिल सके। जब रावण ने उन्हें बैठने के लिए आसन नहीं दिया, तो हनुमान ने अपनी पूँछ बढ़ाई

और उसे घेरे में घुमाकर रावण के सिंहासन से भी ऊँचा आसन बना लिया। रावण ने क्रोध में पूछा, “बंदर! तुम कौन हो?” उत्तर में हनुमान ने कहा, “मैं भगवान राम का सेवक हूँ। मैं तुम्हें सावधान करने आया हूँ कि अगर तुमने सीता को शीघ्र ही मुक्त नहीं किया तो तुम्हें और

तुम्हारे राज्य को एक भारी मूल्य चुकाना पड़ेगा, रावण ने आज्ञा दी, "इसे दूर ले जाओ और इसकी पूँछ में आग लगा दो।" चतुर हनुमान ने एक घर से दूसरे घर में कूद कर सारी लंका में आग लगा दी। लंका को काफी नुकसान पहुँचाकर वह उड़कर राम के पास लौट गए।

हनुमान ने राम से कहा, "मैंने सीता को खोज लिया।" फिर उन्होनें राम को सीता की दशा के बारे में बताया।

राम की सेना ने समुद्र पर पत्थरों का एक पुल बनाया और लंका की ओर प्रस्थान किया। दोनों दलों में घमासान युद्ध हुआ। रावण के पुत्र इंद्रजीत ने लक्ष्मण को गंभीर रूप

से घायल कर दिया। लक्ष्मण बेहोश हो गए। हिमालय पर्वत पर पाई जाने वाली संजीवनी बूटी ही लक्ष्मण की रक्षा कर सकती थी। पर वह अगले दिन प्रातः होने से पहले ही लानी थी। हनुमान ने राम की दशा को देखा और हिमालय की ओर चल पड़े।

जब हनुमान हिमालय पर्वत पर पहुँचे तो आश्चर्यचकित रह गए। वह मन में सोचने लगे, “मुझे बताया गया था कि अंधकार में संजीवनी चमकती है पर दूसरी सारी जड़ी बूटियाँ भी जगमगा रही हैं। मैं

किसे लेकर जाऊँ?" बिना समय नष्ट किए उन्होंने पूरे पर्वत को जड़ से उखाड़ लिया और उसे अपनी हथेली पर रखकर वापस लंका आ गए। हनुमान ने अपनी शक्ति और विशेष बल से लक्ष्मण के जीवन की रक्षा की।

अन्त में, युद्ध में राम ने रावण का वध कर दिया अैर सीता की रक्षा की। उन्होंने रावण के भाई विभीषण को लंका के सिंहासन पर बैठाया। राम, लक्ष्मण और सीता हनुमान और सुग्रीव के साथ अयोध्या वापस आए। अयोध्या

के सिंहासन पर बैठकर उन्होंने निश्चय किया कि सीता को मुक्त कराने में जिन लोगों ने सहायता की थी उन्हें उपहार दिए जाएँ।

जब हनुमान की बारी आई तो सीता ने कहा, "हनुमान को उपहार मैं दूँगी।" उन्होंने अपना मोतियों का विशेष हार हनुमान को दिया पर हनुमान ने हर एक मोती को निकाल कर परखा। सीता के उपहार का हनुमान द्वारा इस प्रकार अपमान देखकर सब दरबारियों को बुरा लगा। हनुमान

ने बताया, "मैं देख रहा था कि मेरे प्रभु राम इन मोतियों में विद्यमान हैं, अन्यथा यह हार मेरे लिए बेकार है।" राम के प्रति हनुमान के हृदय में ऐसा प्रेम था।

एक दिन प्रातः काल जब हनुमान ने सीता को अपने मस्तक पर सिंदूर लगाते देखा तो उनसे पूछा, "माता, आप प्रतिदिन ऐसा क्यों करती हैं?" सीता ने उत्तर दिया, "यह मेरे स्वामी राम की रक्षा के लिए है।" हनुमान

बोले, “यदि ऐसा है तो मैं अपने सारे शरीर पर सिंदूर लगाऊंगा।” उस दिन से हनुमान ने अपने सारे शरीर पर सिंदूर लगा लिया।

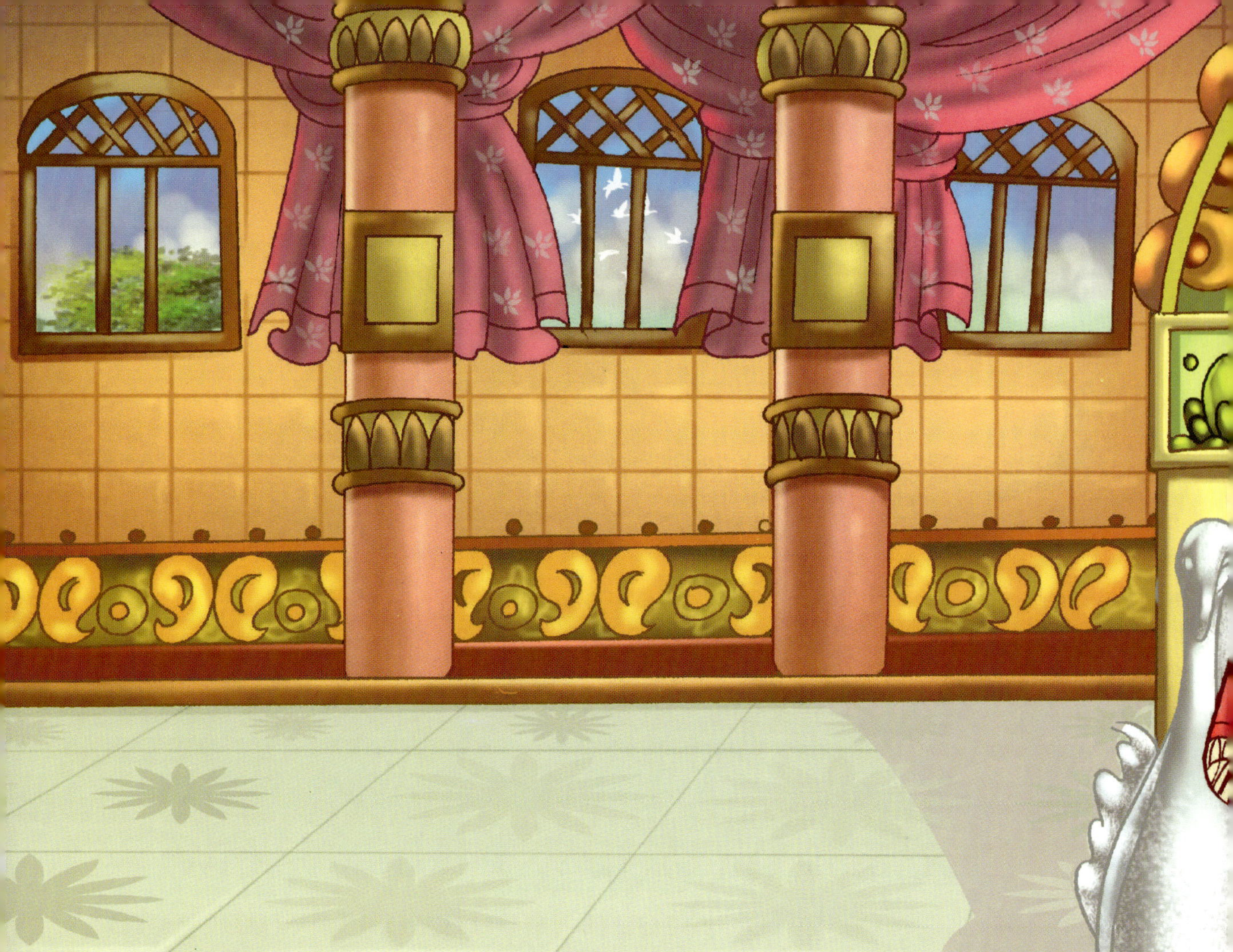

एक दिन राम और सीता सहित राज दरबार में हनुमान ने एक दरबारी को कहते हुए सुना, "श्री राम हनुमान के प्रति इतने दयावान क्यों हैं? उनके तो और भी अनेक भक्त हैं।" उत्तर में हनुमान ने अपनी छाती चीर डाली और सब ने आश्चर्य से देखा कि हनुमान के हृदय में राम और सीता विद्यमान हैं। राम के प्रति हनुमान की भक्ति कल्पना से परे थी।

आज भी कहा जाता है कि जब कोई प्रार्थना करते समय “राम’ शब्द बोलता है तो हनुमान अपने प्रभु की प्रार्थना सुनने के लिए गुप्त रूप से वहाँ मौजूद रहते हैं।

शक्ति, भक्ति और विनय के उदाहरण के रूप में वीर हनुमान हमारी प्रार्थना में हमेशा रहेंगे।

OTHER TITLES IN THIS SERIES